니나의 마법서랍

③

비아북
ViaBook Publisher

저는 아주 오래전, 우연히 도박의 비밀을 듣고 말았습니다. 슬롯머신 판매 직원이 말하는 '기계의 필승 원리'와 불법 게임장 운영자가 말하는 '당첨자 조작법'이었는데, 중독자의 이야기도 아니고 중독을 만들어내는 사람의 이야기를 우연히 두 번이나 듣게 되다니 참 신기한 경험이다 싶었지요.

그 뒤로 오랜 세월이 흘러 전 만화가가 되었고, 『가담항설』이라는 만화를 완결한 뒤 태블릿PC를 하나 사게 됩니다. 그리고 바로 그 태블릿PC가 제게 이 만화를 그리게 만들었죠. 새로 산 태블릿PC에는 고유의 전화번호가 있었는데, 그 번호의 이전 주인이 (아마도) 심한 도박중독자였던 것입니다. 끝없이 날아오는 불법 광고와 영업 문자, 전 주인을 찾는 수많은 전화를 전부 차단하면서, 과거에 제가 도박의 비밀을 듣게 된 건 우연이 아니었을지도 모른다는 생각이 들었습니다. 이런 비밀을 우연히 들을 수 있을까? 그것도 두 번이나? 내가 이 번호를 갖게 된 건? 내가 마침 만화가가 된 건? 그래서 저는 '중독'에 관한 만화를 그리기로 했습니다.

단순히 도박에 한정된 게 아닌 '중독' 그 자체를 다루려고 마음먹은 이유는, 현시대를 살아가는 수많은 사람이 크든 작든, 심각하든 가볍든, 의식하든 못 하든, 무언가에 중독되어 있기 때문입니다. 아마 대부분의 현대인은 핸드

폰에 중독되어 있을 거라 생각합니다. 마약이나 도박, 알코올중독자는 자신과 다른 세계의 사람이라고 생각하면서 말이죠. 물론 전자와 후자는 중독의 강도나 위험성이 다르지만, 결국 자신의 진짜 인생을 빼앗기고 있다는 점에선 치명적인 공통점이 있다는 생각이 드는 것입니다. 그래서 이 만화를 통해 독자분들께서 '중독'에 관해서만큼은 반사적인 불쾌감을 체득하시길 바랐습니다.

영화 「죠스」를 보고 나면 상어가 10배는 더 무서워지듯이 이 만화를 보시고 '중독'이 조금은 더 무서워지셨기를, 또 이 작품에서는 중독을 어떻게 이겨낼 것인지도 함께 이야기하고 있으니 어려울지언정 불가능한 게 아니라는 희망과 용기 또한 얻으셨기를 바랍니다. 감사합니다.

여러분 왕 사랑!
우리 존재 파이팅!!!

랑또 드림

3권

9

진짜 같은 환상

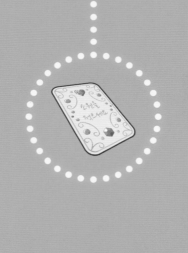

… 어?

네? 네?!!

아… 아… 아… 아뇨!! 아뇨!

별떡-

무슨 그런!! 아뇨! 아니에요!!

현재 씨가 지금 자다 깨서 잘못 본 거예요!

서… 서랍에서 어떻게 나와요!

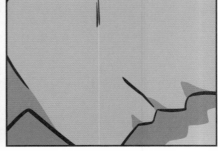

… 그래요.
그럴 리가 없죠.

이리 와요, 니나 씨.
안아줄게요.

어젠 늦어서
미안해요.

회사에
사람이 둘이나
빠지니까

일이
안 끝나네요.

아무래도
주말에도 내내
나가봐야 될 것
같아요.

아… 현재 씨… 죄송해요…

저 때문에…

아니에요.

니나 씨는 원래 별로 한 일도 없잖아요.

오히려 니나 씨 혼낼 시간 아꼈네요.

농담이고, 김 주임도 마음 추스르면

다시 회사 나오겠다고 했으니까

당분간만 좀 참아줘요.

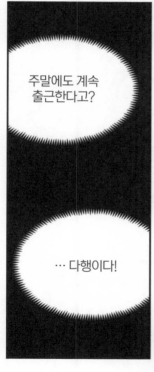

주말에도 계속 출근한다고?

… 다행이다!

빨리…!!

빨리 서랍에 들어가고 싶어!!!

오늘도 늦을 거예요.

네, 조심해서 다녀오세요.

탁!

서랍!!

당장 서랍에 들어가야지!!

휘익~

어? 잠깐! 그러고 보니,

오늘 복권 추첨하는 날이지?

그럼 그 시간 전에는 나와야…

뒤적~

뒤적~

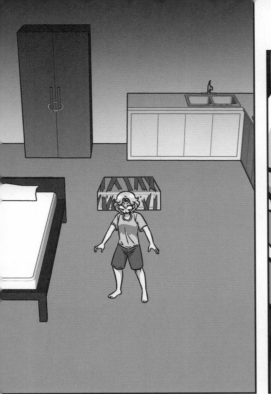

이 텅 빈 집에서
안 보일 리가 없잖아!!!

분명 서랍 속에서
흘린 거야!!!

안 돼! 안 돼!!
안 돼!!!

서랍 속에
있는 건

현실로
못 가져온단
말이야!!!!

아냐, 잠깐!! 번호!

번호만 베껴 오면 되잖아!!

삐빅-
삐빅-
삐빅-
삐빅-

띵-동!!

이… 일단 서랍에 들어가서…!!

… 누구지?

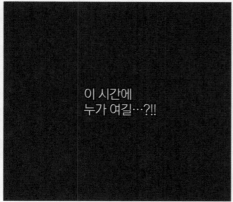

이 시간에 누가 여길…?!!

팀장님~

15

주임님?!!!

안에 있는 거 알아요.

소리 나는 거 들었어요.

문 안 열어주면 저 죽을 거예요.

저… 저기…
팀장님은 회사에…

뭐, 차라리 잘됐네.
어차피 니나 씨한테
말하려고 했는데.

니나 씨,
팀장님이랑
헤어져.

네에?!!!
그… 그게
무슨…

나랑
얘기 좀 해.

성큼一

어?!!
저…!! 저기!!

성큼一

어…?

뭐… 뭐야, 이게…?

이게 현재 씨 집이라고…?

저… 저도 처음엔 집에 아무것도 없어서 놀랐는데…

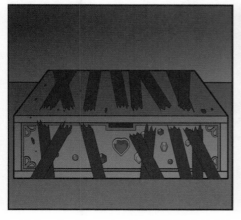

저 서랍은 뭐야?

아!! 이거!!
이거 제 거예요!!!

그냥 옷
들어있어요!
제 짐이랑!!

이 옷장은?

왜 자물쇠로
잠가놓은
거야?

안에 뭐가
들었길래?

아, 그건…
그건…

옛날에 도둑이 들었….

아…!

…!!!

알고 보니, 그 후배가

김 주임이랑 연인이었더군요.

어…?

잠깐…

도둑이 들어서
옷장을 잠가둔 거면,

안에는 귀중품이
있어야 하는 거 아냐?

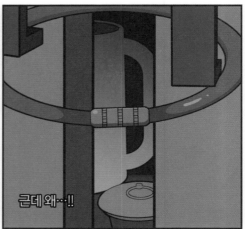

근데 왜…!!

귀중품은
더 안쪽에 들어있나…?

그때 그 일
때문에…

옷장 문을
잠가놨다고?!

지금까지?

왜 그렇게 놀라세요.

주임님 전 남친이

도박빛 때문에 현재 씨 집에 들어와서

도둑질에 강도질까지 했었다면서요.

주임님이-

현재 씨 옷장에 카메라 숨긴 것도 알려줬잖아요!

뭐…?!

그… 그게 무슨 소리야…?

팀장님이 니나 씨한테 그렇게 말했어?

내가 옷장에 카메라 있다고 말했다고?

난 그런 말 한 적 없어.

팀장님이 왜 그런 말도 안 되는 소리를 했지?

아니, 애초에…

애초에
그 사람은…

그때 이미
죽어있었어…!

물론 그 당시에는
그냥 잠적한 줄
알았지.

주변 사람들한테
돈을 있는 대로 빌려서
사라졌으니까.

하지만…

나중에
경찰서에서 연락을
받았을 땐,

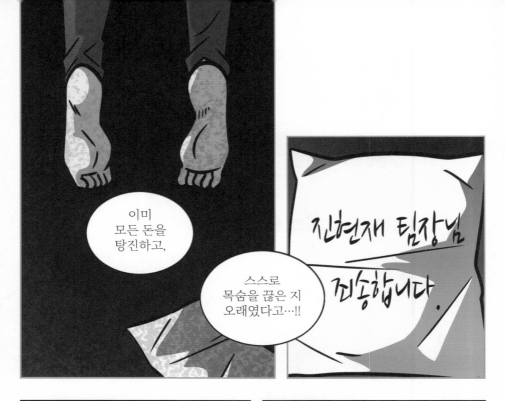

이미
모든 돈을
탕진하고,

스스로
목숨을 끊은 지
오래였다고…!!

진현재 팀장님
죄송합니다.

이건 팀장님도
다 알고 있는
일인데…

왜 니나 씨한테
그렇게 말한 거지?

대체 왜 그런 말을 한 건지 물어봐야겠어!

!!!!!

대체 왜…!!

안 돼!!

지금 한 얘긴
현재 씨한테 들은 게 아니라,

서랍에서 들은 거라고!!!

이걸 현재 씨가
알게 되면…!!!

네가

주인님한테 받은

복구를 돌려줘,

!!

덥석!!

까악!!!!

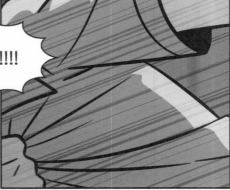

꺅!!

내 복권!!!

이… 일단 번호만 외워 가자!!

주섬—

주섬—

뭐… 뭐야…
이게 뭐야…?!!

여… 여기가
어디야?!

꾸…
꿈인가?

꿈이라기엔
너무 생생한데…?!

잠이
든 것도
아니고…!

대체
이게 뭐지?!

니나 씨!!
이게 뭐야?!!

여긴 대체
어디야?!!!

3, 5, 10,
29…

14, 17,
22…

중얼-

중얼-

중얼-

야!!!

후욱—

탁!!!

어?!

여기가
어디냐고!!

니가
여기로 끌고
들어왔잖아!!

덥석!!

이게!!!
당장 그 복권
이리 내놔!!!

꺄악!!!!

니나 씨,
미쳤어?!!!

당장
내놓으라고!!!

우당탕!!

쿵!!

현재 씨는
너 이용하려고
만나는 거야.

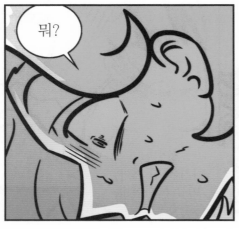

뭐?

왜?
아닐 것
같아?

야!
주제 파악 좀 해!

나 같은 게 어떻게
전부 다 좋은 남자를 만나겠어.

당신 같은 사람이
날 만나줄 리 없잖아.

감히 고백할 생각도
못 했는데…!!

쯔지익―

쯔지익―

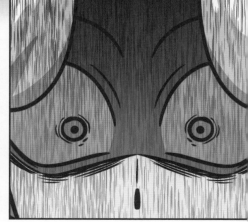

네깟 게
현재 씨를
만나?!!!

쯔지이이익ㅡ

야!!
이 미친X아!!!

너 지금 뭐 하는 거야! 여긴 어디야!

당장 원래 있던 곳으로 되돌려놔!!!

안 돼, 이 여자 때문에 글을 못 쓰겠어!!!

야! 이거 안 놔?!!

다시 복권을 붙여놔봤자 또 방해할 게 뻔해!

주임님, 성빈이 안 죽었어요!!!

뭐…?!

성빈이 안 죽었어요.

여기에 있어요.

없어…

사라졌어…

그럼…

그럼 내가…

정말 주임님을
죽인 건가…?!!!

그… 그럼 어떻게 되는 거지?

실종 신고라도 들어가면?!

경찰이 막
위치 추적하는 거 아냐?

주임님 휴대폰은
어디 있지?

서랍에 가지고
들어갔나?

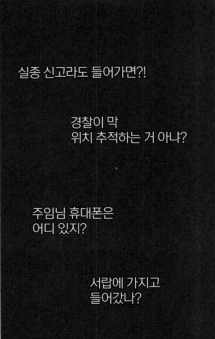

아…!!!
내가 왜 그랬지?!
왜 이렇게 충동적으로
행동하는 거야!!!

왜 지금 내 행동이
어떤 미래를 불러올지
생각 안 하는 거냐고!!

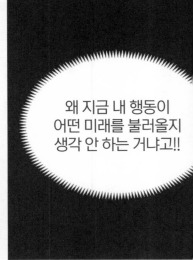

아아~ 몰라!
생각하기 싫어!
괴로워!!!

일단 복권!
복권 번호부터
적으러 가자!

10, 22, 30…
5, 11, 12…

중얼－

중얼－

중얼－

안돼…
번호가 머릿속에
안 들어와…!

아… 빨리 나가서
복권 사야 하는데…!

현재 씨 오기 전에
빨리 사 와야 돼…!!

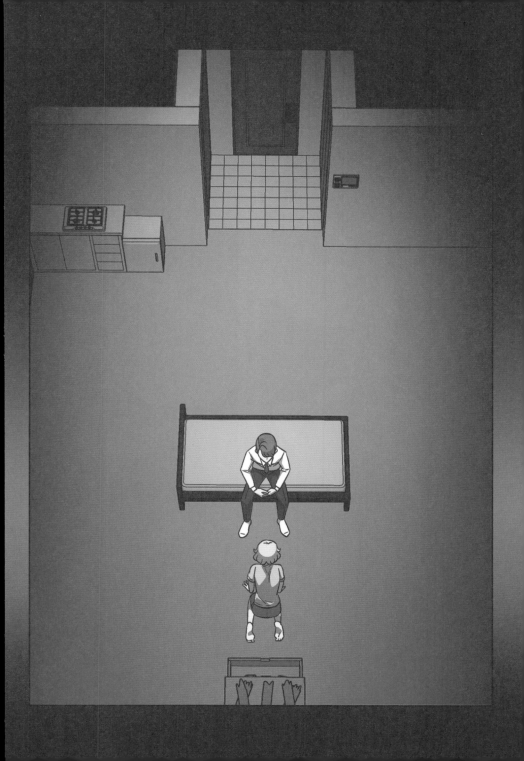

뭐라고 말하지?

전부 사실대로 말해?

안 돼…!!

이 서랍은
자기 외에 서랍의 사용법을
아는 사람이 있으면
안 된다고!!

아…

좀 있으면
복권 마감 시간인데…!

번호를 다 까먹겠어…!!

아니, 애초에 여기서
나갈 수가…

니나 씨.

괜찮아요.
너무 겁먹지
말아요.

겁주려고
하는 거
아니니까.

아직은.

니나 씨.

저 서랍에 대해서
말해줄래요?

알고 있는 건
전부 다.

그… 그게…
그게…

삐별—

삐별—

뭔가 신비한
능력이 있는
거죠?

저 서랍.

55

저 서랍으로 뭘 할 수 있는 건가요?

어떻게 들어갔다가, 어떻게 나오는 거죠?

니나 씨가 복권을 잔뜩 산 건,

저게 미래를 알려주는 서랍이라서 그런 거예요?

그렇다고 하기엔 니나 씨가 큰돈을 번 것 같진 않은데…

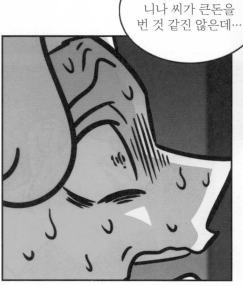

대체 뭐예요, 저 서랍?

말 좀 해봐요.

안 돼…

말할 수가 없어…

말하면 안 돼…

니나 씨. 저 좋아하잖아요.

니나 씨가 협조적으로만 나오면,

니나 씨가 원하는 대로 평생 다정하게 대해줄 수 있어요.

현재 씨는…

가… 가짜는
절 속이는 거잖아요.

절 속이는 걸 알면서
어떻게 만나라는
거예요.

세상엔-

10
놀이공원과 카지노

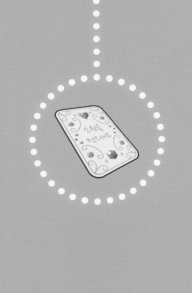

저한테 의도적으로
접근한 거예요?

저 서랍
때문에?

그냥 니나 씨가
귀여워서 접근했다고
하는 게

기분이 더 낫지
않겠어요?

아직까지 전

니나 씨가 순순히
협조할 거란 기대를
버리지 않았거든요.

… 네?

놀이공원이랑 카지노 말이에요.

둘은 뭐가 다른 것 같아요?

아주 순수한 어린이를 제외하면

인형 탈을 진짜 그 캐릭터 자체라고 생각하는 사람이 있을까요?

롤러코스터가 진짜로 추락할 거라 생각하는 사람은요?

캐릭터가
가짜인 걸 알고도
좋아하고,

놀이 기구로는

안전이 보장된
스릴을 즐길
뿐이잖아요.

다들
가짜로 만들어진
꿈과 환상의 나라를
즐기다가

놀이공원의
문이 닫히면,

Close

다시 현실로
돌아가는 거죠.

한마디로,

놀이공원에서
보여주는
모든 환상은

현실과
철저하게 분리가
된단 말이에요.

하지만,
카지노는 말이죠-

그 안에서
자기가 어떻게
하느냐에 따라

마치 현실을
바꿀 수 있는 것 같은
기분이 들거든요.

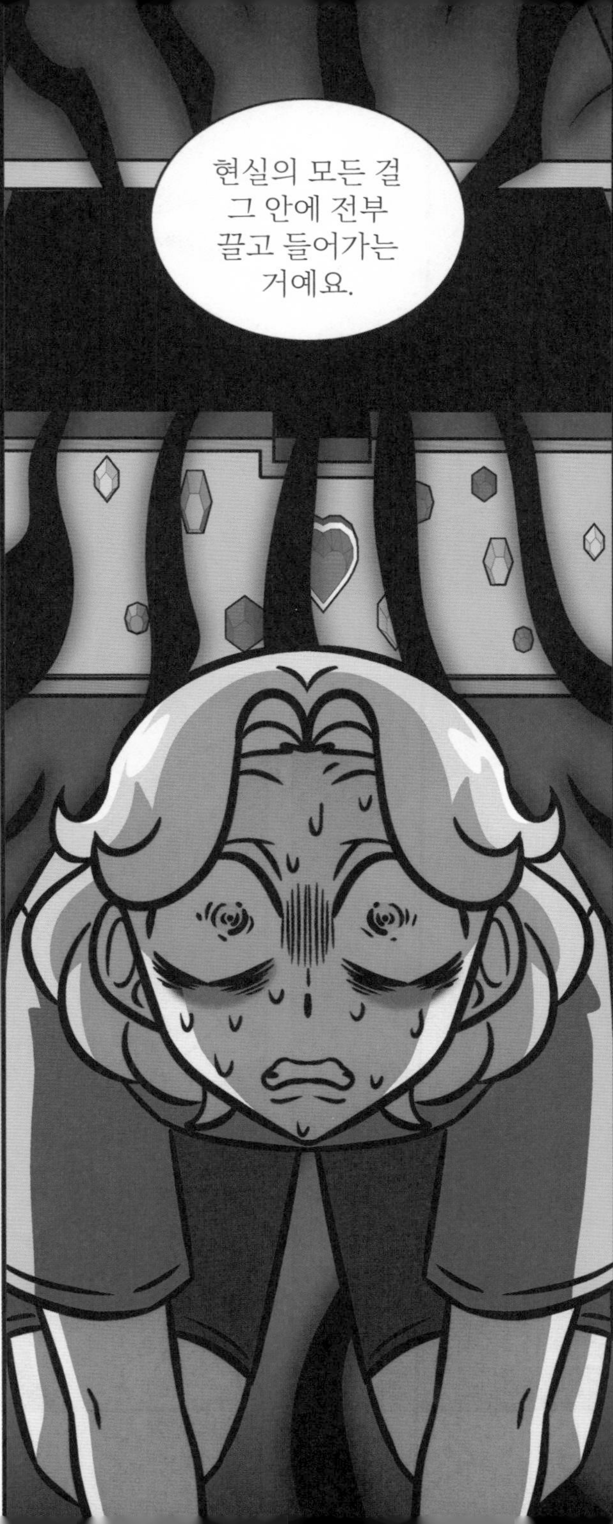
현실의 모든 걸 그 안에 전부 끌고 들어가는 거예요.

환상과 현실의
경계를 구분하지
못하는 순간,

인생이
망가지는 거죠.

니나 씨.
전 지금 그 경계 안에
갇혀있어요.

지독한 불면증에
시달리면서도,

깨지 않는
꿈속에서
살고 있죠.

아니,
니나 씨가 원하는 게
제 몸이든, 마음이든,

니나 씨가
절 도와준다면,

니나 씨가
원하는 만큼 다정하게
대해줄게요.

전부
마음대로 해도
좋아요.

정말로 뭐든지
다 해줄 테니까.

하지만
니나 씨가 도와주지
않겠다면,

제가 니나 씨한테
환상을 보여줄
이유는 없겠죠.

현실적인 방법으로
원하는 걸
얻는 수밖에.

제… 제가…

뭘 어떻게
도와주면
되는데요…?

일단 제가
알고 싶은 건
세 가지예요.

니나 씨가

저 서랍을
어떻게 손에
넣었는지.

저 서랍은 어떻게
사용하는 건지.

그리고

… 네?!

누… 누구요?
누군데요…?

말해줄 수
없어요.

누… 누군지도
모르는 사람을…

어떻게
찾아달라는
거예요…?

난 사람을
찾고 있다고
했지,

찾아달라고
한 적 없어요.

네?

저 서랍으로 사람을 없앨 수 있어요? 없어요?

그것부터 대답해요.

니나 씨.

어… 어쩌지?!! 뭐라고 말하지?!!

어… 어…

사실대로 말했다간…

내가 주임님을 서랍에 두고 나온 걸 들킬지도 몰라!!

미… 미래를
보여주는 서랍이
맞아요!

맞는데,
확률이 100%가
아닌 거예요!

그… 그래서
말인데요,
현재 씨.

지금 제가…
저기…

복권을 사러
가야 하는데…
곧 마감이라…

왜요?
미래를 보여주는
서랍이면

복권은
다음에 사도
되잖아요?

그게…
그게…

안 돼!

이번 주 복권은
엄청난 희생으로 만든
복권이라고!

이런 짓을
또 할 수는 없어!

뭐, 가고 싶으면
가도 돼요.

대신,
서랍은 놔두고.

네?!!

아… 안 돼요!
그건!!

왜요?

제가 니나 씨
내보내고

서랍을 뺏기라도
할까 봐요?

하지만
서랍을 내주면 니나 씨가
안 돌아올 수도
있잖아요.

그러니까
같이 가죠.

복권 사러.

이제
다 샀어요?

대체 복권을
얼마나 사는
거예요?

이 근방
복권 판매점은
죄다 간 것
같은데…

이… 이제
됐어요.

너 때문에
번호 다 까먹었다고!

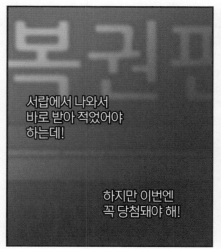

서랍에서 나와서
바로 받아 적었어야
하는데!

하지만 이번엔
꼭 당첨돼야 해!

그럼 이제
돌아가죠.

같이 번호
맞춰줄게요.

복권을 그렇게 많이 샀으니

확인만 해도 한참일 것 같은데.

...

걱정 말아요.

얼마에 당첨되든 한 푼도 달라는 말 안 할 테니까.

그런 큰돈은 오히려…

… 네?

됐어요.
얼른 가죠.

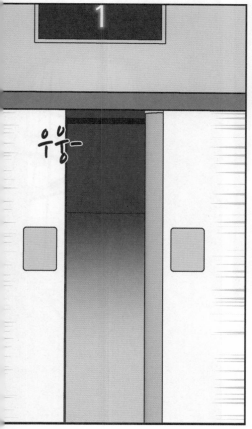

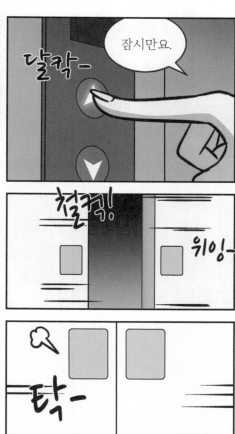

우우우웅-

언니,
그거 당첨 안 돼.

오빠~
집이 뭐 이래~?

언니 남친
이상한 데서 사네.

오빠, 서랍
이리 가지고 와.

서랍
내 옆에 내려놓고
안으로 들어가.

빨리.

니나 씨부터
안으로
들여보내.

오빠.
나랑 그런 정상적인
대화를 하려고
하면 안 돼.

나 개또라이야.

어, 나도 그래.

!!

퐉-

휘익-

롸르르-

악!!!

니나 씨, 이리 와요!!!

꺄악!!!

XX!!
이 XXX가!!!

훌렁-

악!!

쿵!!

이런 씨…!!!

너.

네가 이 서랍
원래 주인이야?

그래,
어쩔래?

이 도둑
새끼들아!!!

네가 진짜…

이 서랍 원래
주인이라고?!!!

그래!!!
원래 내 거고!!!

네 여친이
길에서 훔쳐 간
거야!!!

어... 어...

그럼 넌
저 서랍이 어디서
났는데?!!!

네가 그걸 알아서
뭐 하게?!!!

당장 말해.

안 그러면
죽여버릴 거니까.

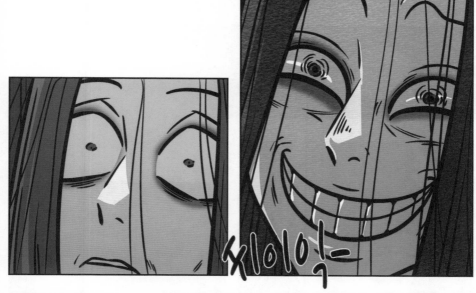

씨이익-

너 내 남친
찾는구나?

걔 이미
죽었어.

뭐…!!

내가 없앴거든.

저 서랍으로.

구… 구이삼!! 구이삼!!!

구급상자!!!!

그… 그렇지만, 지금은~

악!!!!!

휙-

팍!!

언니, 뭘 그렇게
필사적으로 피해.

그 구급상자로
치료하면
되겠네.

니나 씨!!!

옷장 안에!!

옷장
안쪽 벽에!!!

어어어…

덜덜덜-

덜덜덜-

이…

이게…

이게 뭐야?!!!

왜 옷장 안에
이런 걸!!!!

헉一

헉一

헉一

혀… 현재 씨!! 괜찮아요?!

현재 씨!!! 현재 씨!!!

저… 저기!! 여기 환자가 있어요!!

칼에!! 칼에 찔렸어요!

네네! 네! 빨리 와주세요!!

빨리…

난 몰라!!!
어쩔 수 없었어!!!

119가 오고,
경찰이 오면?

현재 씨가
칼에 왜 찔린 건지
어떻게 설명해?!!

탁탁탁탁-

그 미친 여자가
찌른 거라고 말해?!

그럼 내가 그 여자 머릴
배트로 내려친 것도
말해야 하잖아!!

혹시라도 그 여자가
죽은 거면 어떡하라고!!!

119 부르고 문 열어놨으니
현재 씨는 구해주겠지!!

아니, 근데 현재 씨는—

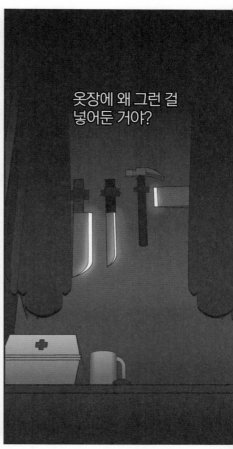

옷장에 왜 그런 걸
넣어둔 거야?

대체 무슨 짓을 하려고?!!

분명 현재 씨도
정상은 아냐!!

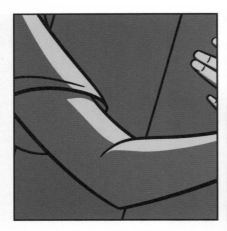

이젠 다 필요 없어!

이제 그 미친 여자도
없앴고,

현재 씨랑도
연락 끊으면 돼!

그… 근데…

이제
어디로 가지?

내 집으로
돌아갈까?

안 돼.

현재 씨가
우리 집을 아니까.

나중에 분명히
찾아올 거야!

어쩌면 경찰이
오게 될지도 몰라.

그럼 호텔?

하지만 호텔은
신상정보를
적어야하잖아.

가격도 너무 비싸고.

이젠 돈이 별로 없어.

일단 저렴한
모텔로 가보자.

일단 제일 저렴한…

여
인
숙

하… 하나…

하나도…

덜덜덜덜-

하나도
안 맞았다고?!!

5… 5등도
없어?!!

말이 돼?!!

뒤적-

뒤적-

내가
복권 몇 장을
샀는데?!!!

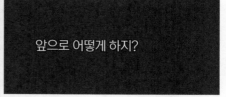

앞으로 어떻게 하지?

흐윽…

흐으윽…

돈이 다 떨어지면
어떻게 해?

내 인생이
대체 왜 이렇게
된 거야!!!

걱정하지
말아요.

인생은
즐겨야죠.

늦어서
미안해요.

근데
왜 이렇게 구석에
앉아있어요?

끼익—

…

까득—

까득—

까득—

뭐 좀
마실래요?

먼저
연락 줘서
고마워요.

뭐, 나는 니나 씨가
내 번호 차단해놔서
못 한 거지만.

와구—

와구—

아무튼, 그때도
문자로 남기긴
했는데

그때 그 일은
얼추 잘 정리
됐어요.

슥—

저도
대충 둘러대고,
경찰도 대충
처리하고

서로 편했죠,
뭐.

어차피
그 여자 수배 내린다고
찾을 수 있는 것도
아니고…

저기… 그때…
다친 건…

보면
알잖아요.

지금은
괜찮아요.

으쓱一

덕분에
잘 쉬었죠.

아무래도 병원에
입원해있으니까

잠도 잘 자고,
식사도 잘 나오고,
영양제도 맞고.

회사도
안 가고.

다행히 회사도
안 잘렸어요.

이번엔 좀
잘리나 했더니…

니나 씨는
그동안 어떻게
지냈어요?

…

오늘 무슨 일로
부른 거예요?

대충은
알겠지만…

…

원래 살던 집은
어떻게 됐어요?

월세는
냈어요?

…

미래를
보여주는
서랍이라면서요?

그걸로
주식이라도 하지
그랬어요?

주식을…

하긴…
했었는데…

했었는데요?

하긴,
지금 니나 씨
상태로 봐선

EXIT

물어볼 필요도
없겠네요.

이건 뭐,

도박에 손 안 댄 게
다행이라고
해야 하는 건지.

...

그냥...
조금...

실험
삼아서...

도박도
했어요?

니나 씨,
얼마 필요해요?

아, 저기… 그게…
하다 보니까…
빚이 좀 생겨서…

카드랑
현금 서비스랑…

여인숙
방값도 밀렸고…

내가 전부
갚아줄게요.

대신,

그 서랍은 부숴요.
내 눈앞에서.

네?!!!

그 서랍을 계속 가지고 있어야 할 이유가 있어요?

미래를 보여주는 서랍이라면서

뭐 하나 맞은 게 없잖아요.

서랍 가지고 우리 집으로 와요.

내가 직접 부술 테니까.

그래…

이 서랍은 아예 박살 내는 게 좋을지도 몰라.

전에도 버리려고 했다가
실패한 거잖아.

그냥 버리면
내가 또다시 주워 올지도
모르고.

그래, 차라리 잘됐어.

이 서랍 때문에
내 인생이 전부 망가진 거야.

현재 씨가 빚도 다
갚아준다고 했으니까.

당장 이 서랍을 부수고,

전부 새로 시작하면 돼!!!

휘익-

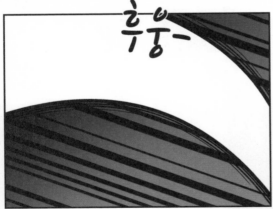

후웅-

멈칫!!

니나 씨.

그 여자는
이 서랍으로
없앤 거죠?

네?!!

아… 그…
그… 그게!!

다 아니까
거짓말할 생각
말아요.

… 네.

나한테는
서랍으로 사람을
없앨 수는 없다고
했었잖아요?

네에…

그런데
없앴죠.

그 미친 여자도
자기 남자친구를

서랍으로
없앴다고 했고.

...

그럼 결국
니나 씨가 저한테
거짓말을 한 거죠?

...

왜 그런
거짓말을
한 거예요?

니나 씨.

김 주임이
실종됐어요.

!!!!!!!

지금 김 주임
서랍 안에
있어요?

그게…
그게…!

주임님이 현재 씨를
좋아한다고…

김 주임은
서랍에 왜 넣은
거예요?

둘이 싸우다가
실수로…

찾아와서
저보고 현재 씨랑
헤어지라길래…

니나 씨.

133

지금 김 주임이 사라진 걸 아는 건 나 하나뿐이에요.

김 주임은 가족이랑도 연 끊은 지 오래고,

따로 연락 올 사람도 없어요.

아직 경찰에 신고 안 했고.

진실이 뭐든지 간에 영원히 비밀로 할게요.

그러니까 솔직하게 말해줘요.

135

미래를 보여주는
서랍인데,
어떻게 죽은 이성빈이
나오는 거죠?

!!

지금 죽었으면
미래에도 죽은
거잖아요.

이 서랍,

단순히 미래를
보여주는 게 아니죠?

대체 이 서랍
정체가 뭐예요?

11

숨을 곳도 피할 곳도

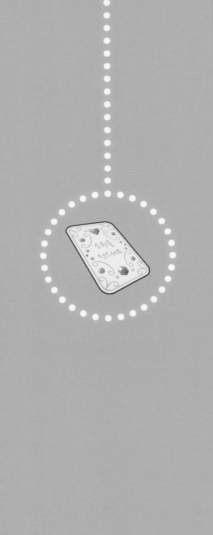

네에에엑?!!!!!

내가 이 서랍에서
나왔다고
말했어요.

그게… 그게…
무슨…!!

좋아요, 니나 씨.
솔직하게
말해줄게요.

저는…

전…

그러니까…

하아…

예전에 회사에
친하게 지내던
후배가 하나
있었어요.

워낙
살가운 성격이라
친하게 지냈었는데,

나중에
알고 보니

주임님 전 남친
얘기인가?

도박빚 때문에 잠적했다가
죽어서 발견됐다던…

제가 알던 모습과는
모든 게 정반대인
사람이었죠.

도박에 폭력에
유흥까지…

한마디로
인간 말종
그 자체였는데,

이건 서랍에서
들었던 얘기랑
똑같아…

그 사실을

녀석이
회사를 그만둘
때까지도

언제든 편하게
연락해.

내가 도와줄 일
있으면 말하고.

전혀 모르고
있었어요.

감사합니다,
팀장님.

여기까지도 똑같아.

뭐야, 그냥
서랍이랑 똑같은
이야기인데…?

그런데
어느 날,

띵동-

우리 집에
그 녀석이
찾아왔어요.

덜덜덜-

팀장님…

팀장님…

덜덜덜-

너… 너…!

저… 저기…
팀장님…

돈… 돈 좀…
돈 좀 빌려주세요…

145

제가 알던 후배의 모습이 아니었죠.

!!

영수야! 이게 대체 무슨 일이야?

무슨 일 있었어?!!

아뇨? 아뇨?

아무 일 없는데요…?

덜덜덜~

그냥 돈 좀… 돈 좀 주세요…

티… 팀장님… 돈 많잖아요…!

뭐?!

어… 엄마가 아파요.

병원비가 없어요…!

뭐?! 어머님이?!! 지금 입원해계셔?

병원 어디에 계신데?

아니, 아뇨.

아빠가… 아버지가…

교통사고를 내서…

영수야…

147

내가 너희 아버지
장례식장에 갔었잖아.

지금 무슨 소릴
하는 거야…

어… 어…

이 XX…!

빠드득-

작작 하고
돈 달라고…!

이 XX,
XXX가!

영수야, 너 대체
왜 이래?!

너 무슨
사채라도
쓴 거야?

팀장님~ 제발 돈 좀 주세요~!!

털썩!

저 좀 살려주세요~!!

저 1,000만 원만 해주세요~!

그날은 그냥 어느 정도 쥐여주고 돌려보냈죠.

그런데 얼마 후,

잠을 자다가 뭔가 이상한 기분이 들어서 눈을 떴는데-

네에?!!!

그게 무슨…!!

그래요.

저도 처음엔
꿈인가 싶었죠.

와아악!!!

뭐… 뭐야!!!

벌떡!!!

뭐야?!! 이게 어떻게 된 거야?!

귀신인가? 아니면, 꿈?!!!

스윽—

대… 대체… 당신… 누구…

저벅—

저벅—

커헉!!!

턱!!

내 말
잘 들어.

앞으로 내가 하는 말을
순순히 따르면
금방 끝날 거고,

커억!!

그렇지 않으면,
고통만 길어질
거야.

무… 무슨 힘이
이렇게…!!

커걱!!!

부들-

컥! 커헉!

부들-

부들-

도저히
벗어날 수가
없어!!!!

하지만…

그땐 그냥
단순히

끔찍한
악몽을 꾼 거라고
생각했죠.

소름 끼칠 만큼
생생한 악몽을.

그리고
그날부터-

집에서
묘한 위화감이
들기 시작했어요…

응…?

탁!

서랍이…

내가 서랍을
안 닫고 나갔었나…?

오늘도
또…

분명 누군가가
서랍을 뒤졌어…!

단번에
그 후배가
떠올랐죠.

그 녀석이 한 짓인가?

예전에 우리 집에 놀러 온 적이 있으니까?

우리 집 비밀번호를 알고 있었나?

애초에 의도적으로 접근한 건가?

팀장님, 안색이 안 좋은데 무슨 일 있으세요?

아… 그게… 실은…

요즘 집에 도둑이 드는 것 같아서…

어머, 정말요?

경찰에 신고하세요.

그리고 싶은데… 딱히 크게 훔쳐 간 건 없어서요…

기분 탓인가 싶기도 하고…

그럼 노트북을
몰래 숨겨놓고

집을
녹화해보는 건
어떠세요?

… 막상 설치해
놓으니까

아무 일도
안 생기네…?

이제
그만둘까?

어차피 내일은
주말이니까.

하지만,
그날 밤…

157

악몽이
다시 시작됐죠.

또?!!!
또 그 꿈인가?!!

내가 노트북에
찍힐 것 같았어?

뭐?!!!

그걸
어떻게…?!!!

있잖아-

집안에 있는
물건들만으로도

사람을 얼마나
다채롭게 죽일 수
있는지 알아?

그날 밤부터-

월요일 아침이
될 때까지,

무엇보다
끔찍했던 건

그 모든 일이-

꿈도 아니고,
현실도 아니었다는
점이에요.

나랑 똑같은
모습을 한 사람이
나타나서

날 죽이려고
하는데,

덜컥!

덜컥!

덜컥!

어… 어째서
문이…!!

덜컥-

덜컥-

덜컥-

휘익-

!!

도망칠 수도,

반항할 수도
없었죠.

마치 누군가가 만든
게임 속에 갇힌
기분이었어요.

제발 이러지 말아요…!

대체 왜…

대체 누군데 나한테 이러는 거예요…!!

대체 나한테 뭘 원하는 거야!!!

도무지 이해할 수가 없었죠.

꿈이라고 하기엔 깨어날 수가 없고,

현실이라기엔 완전히 죽을 수가 없었으니까.

살려달라는 말이 나오는 것도 다섯 번째까지예요.

제발…

제발…

제발 나를 살려내지 마…

제발 날 영원히 죽게 해줘…

여덟 번을 넘어가는 순간부터는,

제발 죽여달라고 빌게 되죠.

그리고…
그렇게…

12번째를
넘기면,

아무 말도,
반항도 없이

그냥 온몸이
산산조각 나는
고통을 고스란히
느끼면서

모든 걸
체념하게 돼요.

대… 대체 누가, 왜 그런 짓을…!!

처음엔 당연히 그 후배라고 생각했어요.

그럴만한 요소들이 있었으니까…

그때 이미 죽어있었죠.

오직 제게 미안하다고 적은 유서만을 남겨두고…

하지만, 나중에 알고 보니, 그 후배는-

결국 대체 누가, 왜, 어떻게 이런 짓을 한 건지,

도대체 어느 것 하나 알 수가 없었는데,

만약 그 미친 여자의 말이 사실이라면,

너 내 남친 찾는구나?

그 사람 이미 죽었어.

적어도 한 가지는 알게 된 거겠죠.

아…! 알겠어!

그 여자의 말이 사실이라면-

왜 그런 짓을
한 건지…!!!

내 생각이 맞다면,
현재 씨는 아마…!!!

그 녀석이
입을 연 건,

제가 15번째
되살아났을 때였어요.

이제부터
내 말 잘 들어.

꼬덕-

꼬덕-

월요일
아침이 되면,

곧장 회사에
전화해서 당분간
쉬겠다고 말해.

그 뒤론
그 누구와도
연락하지 말고,

집에 누가
찾아와도 전부
모른척해.

집 밖으로
단 한 발자국도
나가선 안 돼.

그리고-

매일 저녁
7시가 되면,

이 약을
두 알씩
먹도록 해.

약…?

내 말
알아듣겠어?

꼬덕-

꼬덕-

좋아.

네가 말만
잘 들으면,

이번에 죽는 게
마지막일 거야.

!!

허억?!!

뻘떡!!

없어…

아무도…

꿈…?
전부 꿈이었나?

아냐!
이건 꿈이랑은
완전히 달라!!

이건 절대로 꿈이 아니야!!

어… 어떻게 하지?

회사에 못 나간다고
전화하랬는데…

정말 시킨 대로
해야 하나?

아냐, 일단
경찰에 신고하고
밖으로 나가자!!

이런 말도
안 되는 일에
따라줄 순 없어!

뚜르르르르-

뚜르르르르-

근데 왜 이렇게
전화를 안 받…

철컥-

!!

내가 아무랑도
연락하지 말라고
했지?

빨리 끝내고 싶으면
내 말을 잘 들으라고
했잖아.

그렇게 두 번을
더 죽고 나니,

그리고
일주일 뒤,

녀석이
나타났어요.

내일 현금으로
1,000만 원을
인출해서

내가 말한
장소에 두고 와.

차라리
다행이라고
생각했죠.

전 재산이라도
주고 싶었으니까.

끄덕-

끄덕-

녀석의 목적이
단순히 돈이고,

내가 돈을 줘서
끝낼 수 있는
거라면,

그래,
이 서랍을 사용하려면,

하지만,
그것보다 더 중요한 건-

의외로 현실에서
돈이 필요해.

하지만,
녀석의 목적은-

돈이 전부가
아니었어요.

바로
'공간'이야!!

서랍을 방해받지 않고
사용할 수 있도록,

아무도 연락하지 않고,
찾아오지 않는 공간!!

그래서 일주일을
가둬둔 거야!!!

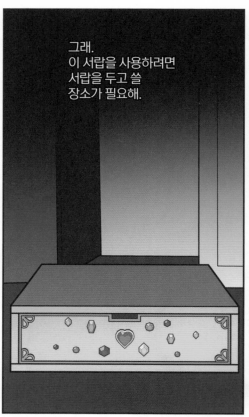

그래.
이 서랍을 사용하려면
서랍을 두고 쓸
장소가 필요해.

하지만
그 장소를 유지하려면

결국 현실에서
돈을 벌어야 하지.

그러니
그 사람이
원하는 건,

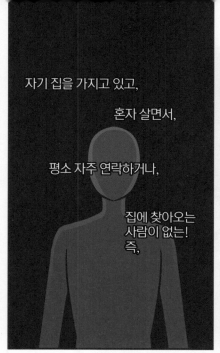

자기 집을 가지고 있고,

혼자 살면서,

평소 자주 연락하거나,

집에 찾아오는
사람이 없는!
즉,

갑자기 사라져도
모를만한 사람이야!!

현재 씨는 아마
그 조건에 부합해서
표적이 된 걸 거야.

그래서 일주일을 가둬놓고

집에 찾아오는 사람이 있는지
확인한 거야!

내일은 현금 1,000만 원을 인출해서 내가 말한 장소에 두고 와.

그 외에 다른 곳은 잠시도 들르지 말고,

돈만 두고 곧장 집으로 돌아와.

알겠어?

컥…

커억…

‼

그래서 그 녀석이 말한 대로 돈을 가져다줬어요.

진실이 뭐든지 간에

전 재산을 주고서라도

이 이상한 상황을 빨리 끝내고 싶었으니까.

그 정도로
발을 뺀 건가
싶었죠.

그래서 그동안
꽤 큰돈을 줬으니

회사에
다시 나가니

난리도
아니었어요.

제가 그 후배한테
큰돈을 떼여서

녀석을
수소문하느라

회사를
안 나왔다는 소문이
돌았더군요.

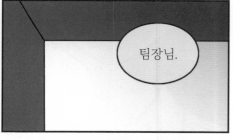

팀장님.

혹시 정말
영수 때문에 회사
안 나오신 거예요?

영수 개,
김 주임도 계속
찾았는데,

연락이 아예
안 된대요.

김 주임이?
김 주임은 왜?

영수가
김 주임한테도
돈 빌렸어?

네?

팀장님
모르셨어요?

김 주임이랑
영수랑 사귀는
사이였잖아요.

뭐?!!

역시 영수였나?!!
그래서 노트북을 숨긴 걸
알고 있었던 건가?!!

아무튼
걱정 많이
했어요.

연락을 아예
안 받으시니까…

제가 팀장님
집에 찾아갔던 건
아시죠?

!!

문 안 열어주셔서
그냥 오긴 했지만…

박 대리가
우리 집에 왔었다고?!!

그리고
한참 뒤에,

더 놀랄만한
소식을 들었죠.

그 후배가
죽어서 발견됐다는
소식을.

심지어 조사 결과
그 후배는

제가 노트북을
설치하기도 전에
이미 죽어있었어요.

게다가
유서에 적힌 건

진현재 팀장님

죄송합니다.

오직 제게
미안하다는
한마디뿐.

도무지
아무것도 이해할
수가 없었죠.

후배가
범인이 아니라면
대체 누가 한 짓인지,

그럼 우리 집
비밀번호는 어떻게
알아낸 건지,

노트북이
설치된 건 어떻게
알았는지.

하지만
얼마 후,

그 녀석이 마지막으로 나타났을 때,

내일은 가진 돈을 전부 인출해서 같은 곳에 갖다 놔.

그리고-

네가
아는 사람 중에

자기 집이
있고,

혼자 살고,

찾아오는
사람이 없는,

사라져도
모를만한 사람을
말해봐.

적어도 한 가지는 이해할 수 있게 됐죠.

아…!
영수가 이 질문에,

나를 알려줬구나!!

이제야 알겠어!

그래서 영수가 돈을 빌리러 다녔구나…!

그래서 그런 유서를 남긴 거였어!!

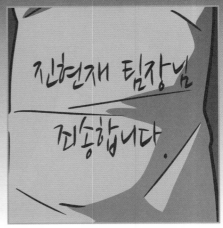

진현재 팀장님 죄송합니다.

나는 혼자 살고,

애인도 형제도 없고,

내가 회사를 그만두면,

근데 나한테
이런 사람을 또
소개해달라고?

찾아올 사람이
아무도 없으니까…!!

내가 아는 사람 중에서,

이런 조건에
부합하는 사람이라면…

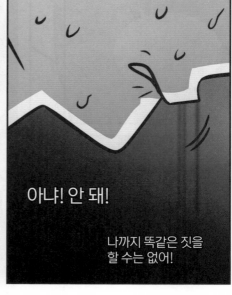

아냐! 안 돼!

나까지 똑같은 짓을
할 수는 없어!

네가 다른 사람을 소개해주면,

다시는 널 찾아오지 않을게.

거짓말. 그럴 리가 없어!

...

혹시 생각이 안 나는 거면,

내가 생각나게 해줄까?

허—

허—

허—

허—

그런 사람
없어요…

도대체 지금
몇 번째 죽은 거지?

몰라. 더 이상
세지도 못하겠어!

허억—

허억—

허억—

몰라요…

영수 이 XXX!!

허억—

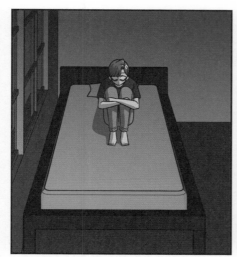

내가 이렇게 쓰레기 같은 인간이었구나…

나도 그 자식이랑 다를 바가 없구나…

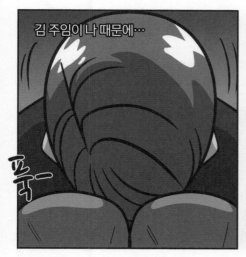

김 주임이 나 때문에…

안 돼! 이대로 둘 순 없어!!

차라리 내가 어떻게든 놈을 죽여버리자!!

내가 약속된 장소에
돈을 갖다 놓지 않으면,

날 다시
찾아올 거야!

그때 어떻게든 내가…!!

하지만…

내가 놈을 이길 수 있을까?

완력이
나랑 비교도 안 돼.
너무 강해.

만약
놈을 죽이려다가
실패한다면…

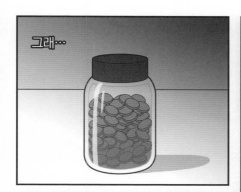

그래…

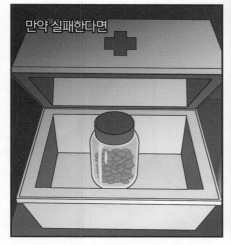

만약 실패한다면

차라리…

…

그런데
이상하게도,

지금까지도.

그렇다고
김 주임을 찾아간 것도
아닌 것 같고.

그냥 감쪽같이
자취를 감춘 거죠

그 후로 다시는
그 녀석을 볼 수
없었어요.

놈에 대해 아는 건
아무것도 없으니

도저히 찾을 수도
없었지만,

그래도 유일한
단서가 있다면,

바로-

이젠 내가 몇 번을
죽은 건지도 모르겠어⋯

죽었는지
살았는지조차도⋯

응⋯?
저게 뭐지⋯?

언제 저런 게
이 안에 있었지⋯?

응…?

니나 씨.

그 미친 여자 말대로,

정말 그 녀석이 이미 죽었고,

이 서랍에 갇힌 거라면,

지금 그 누구보다도

이 서랍을 부수고 싶은 사람은 저예요.

그 자식이 이 서랍으로 대체 뭘 어떻게 한 건지,

궁금한 건 너무 많지만,

그 녀석을 지금 당장 죽일 수만 있다면 전부 상관없으니까.

하지만, 그 전에 김 주임은 꺼내줘요.

분명 다시 꺼낼 방법이 있을 거예요.

일단 저도 분명히
서랍에 들어갔다 나온 적이
있다고 생각하지만,

니나 씨는 확실히
서랍에 들어갔다가
나왔잖아요?

주임님을
다시 꺼내자고?!

싫어!!

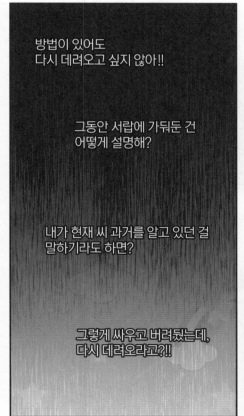

방법이 있어도
다시 데려오고 싶지 않아!!

그동안 서랍에 가둬둔 건
어떻게 설명해?

내가 현재 씨 과거를 알고 있던 걸
말하기라도 하면?

그렇게 싸우고 버려뒀는데,
다시 데려오라고?!

그게…
그러니까…

물론 둘이
싸우다가 서랍에
집어넣었으니,

다시 꺼내 오면
곤란할 거라는 건
알아요.

하지만,

그건 일단 현실에 꺼내놓고 해결할 문제지,

이대로 그냥 가둬놓은 채 서랍을 부술 수는 없어요.

만약 니나 씨가 안 하겠다면,

저라도 방법을 알아내서 꺼내 올 겁니다.

...

아… 알겠어요. 한번 꺼내볼게요…

버럭버럭버럭ー

힐끔—

일단 찾아오는
척만 하고,

꺼낼 방법이 없다고
말해야지…!!

주임님을
꺼낼 수 있는
방법이 있는지
알려줘.

파아앗—

이…
이럴 수가…!

조심해요,
현재 씨.

저 빛에 닿으면
빨려 들어가니까.

알겠어요,
니나 씨.

그리고 또
주의할 점이

니나 씨가
나오기 전엔
절대 서랍을 열지
말라고 했죠?

네, 만약
서랍을 열면
저도 갇혀서
사라져요.

게다가
서랍 속 1시간은
현실의
2시간이라서

제가 너무 오랫동안
안 나오는 것 같아도
절대로 열면 안 돼요.

알겠어요.
명심할게요.

··· 어?!!!!

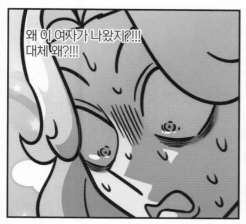

왜 이 여자가 나왔지?!!!
대체 왜?!!!

예전에 나왔던
그 모습도 아니고!!!

왜 진짜 그 여자가
나온 거야!!!!

어어…
뭐… 뭐지…?!!

대체 뭐가
어떻게…

12

단 한 번이라도
서랍을 써본 사람은

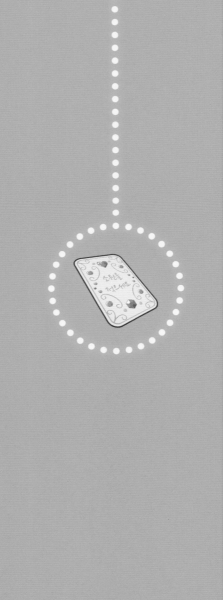

뭐… 뭐야,
이게!!

나… 난
분명히

주임님을
꺼낼 방법이 있는지
알려달라고
썼는데,

왜
이 미친 여자가
나온 거야?!

그것도 내가
서랍에 넣었던 그 모습
그대로!!

내… 내가
소원을
잘못 썼나?

다시 새로
써야 하나?

아니,
그 전에-

215

이 여자는
어떻게 하지?

아까부터 미동도 없어…

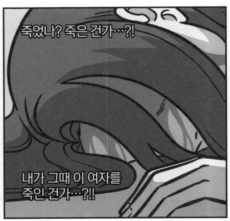

죽었나? 죽은 건가…?!

내가 그때 이 여자를
죽인 건가…?!!

아직 복수도
안 했잖아!!!

떡!!!

아아아아악!!!

김 주임이란 사람을
다시 꺼낼 수 있는지
궁금해?

떡!

응,
꺼낼 수 있어.

떡!

떡떡!

그 사람이
'진짜' 사람이라면.

떡!!

떠억!!!

아아악-

이 서랍은
말이야,

여기서
즐기는 거!

퍽!

퍽!!

보여주는 거!

퍼억!!

아아아악-!!!

갖는 거!

말하는 거!

퍽!!

아니,
그냥 이 서랍의
모든 게-

스윽-

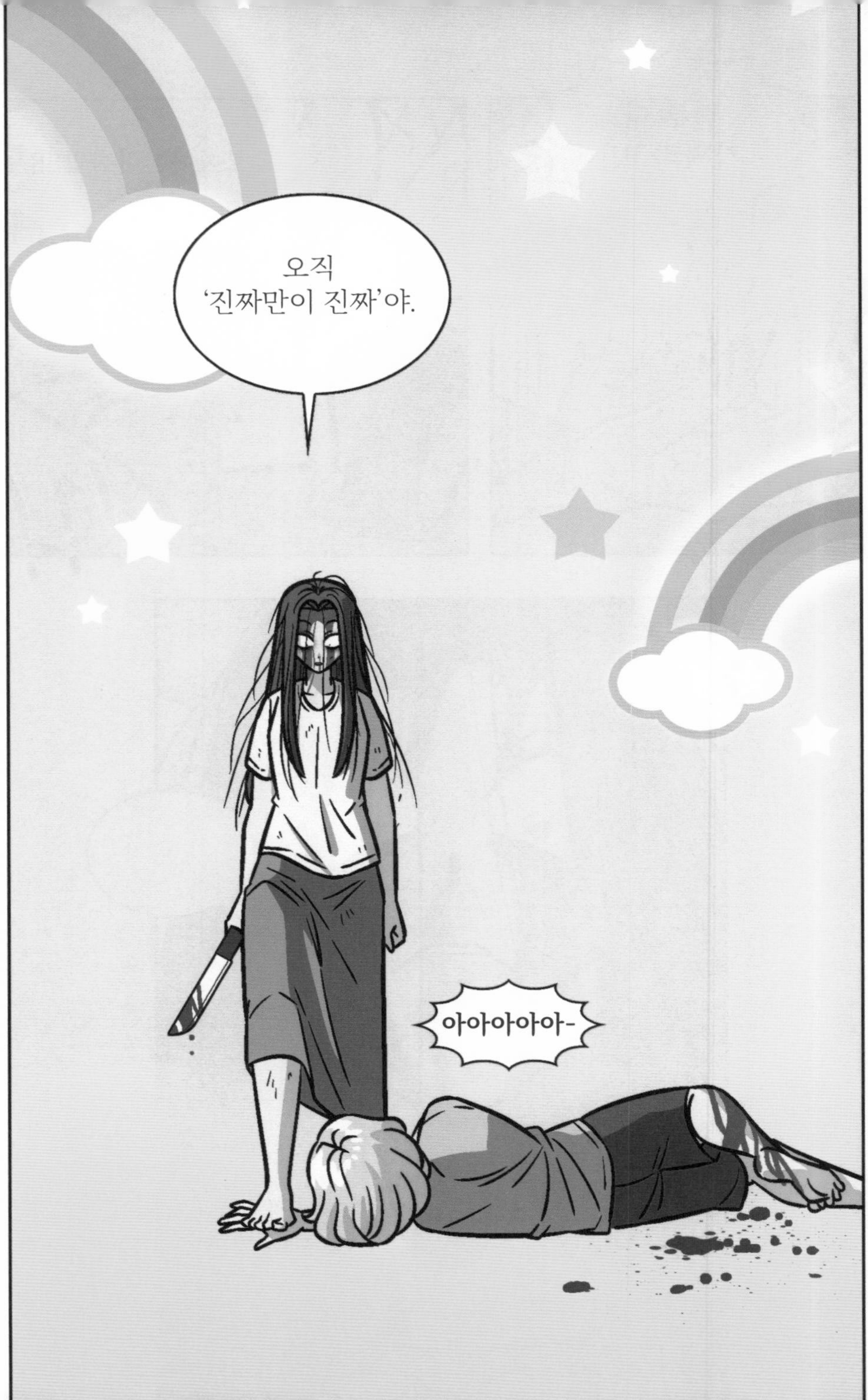
오직
'진짜만이 진짜'야.
아아아아아-

언니.

복권을 사보니까

1등은 아니어도,

뭔가 될듯 말듯 했지?

번호가 하나씩 작아!!

마치 무슨 숨겨진 규칙이 있는 것 같았지?

그 규칙만 찾아내면

복권 1등에 당첨될 것 같았지?

근데 아냐, 언니.

언니가 뭘 모르고 있는지 알아?

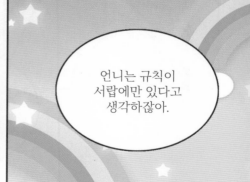

언니는 규칙이 서랍에만 있다고 생각하잖아.

footer placeholder

언니~

내가 자꾸
살려내서 열받지?

언니, 한 번만
봐주세요…

제가
잘못했어요…

아직
멀었어.

너 땜에
개고생한 거
생각하면,

227

100번은 더 죽여도
분이 안 풀려!!

빠드득-

언니,
잘못했어요~

싹싹-

제발
내보내주세요.

시키는 대로
다 할게요!

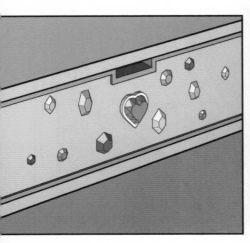

벌써 4시간이나
지났는데…

정말 계속
기다려야 하나?

뭐야, 벌써
죽었어?

왜 이렇게
금방 죽어.

일어나,
언니.

언니를 다시
되살려줘!

언니!! 언니!! 제가 잘못했어요!!

현실로 돌려보내주면

별떡-

가진 돈 다 드릴게요!

제가 빚을 내서라도 가져올게요!

싹싹-

언니, 한 번만 봐주세요!

필요 없어.

어차피 내 현실은 다 망했어.

난 이 서랍만 있으면 돼.

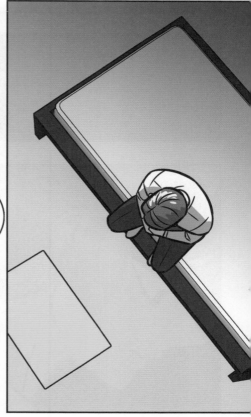

벌써 8시간이나
지났어…

절대 열지 말라고는
했지만…

정말 괜찮은 걸까?

생각해보면
말도 안 되는 우연이야.

어떻게 우연히 서랍을 주운
니나 씨가

우연히 우리 회사에
들어온 거지?

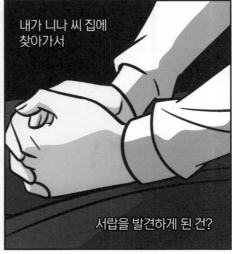

내가 니나 씨 집에
찾아가서

서랍을 발견하게 된 건?

이게 정말 전부
우연일까…?

이유는 모르겠지만,
어쩌면 이 서랍은…

일부러 날
찾아낸 건지도 몰라.

나…
남친이!!!

남친이 밖에서 서랍을 지키고 있어요!!!

제가 너무 안 나오면,

서랍을 열고 절 꺼내기로!!!

… 정말?

언니가 너무 오랫동안 안 나오면 남친이 꺼내주기로 했다고?

네!! 정말!! 정말이에요!!

언니.

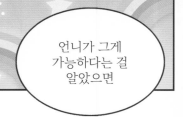

언니가 그게 가능하다는 걸 알았으면

그래.
이상하다고는 생각했어.

이 모든 게
단순히 우연인 건
아닐 거라고.

이유는 모르겠지만-

어?

이게 대체 뭐야…?

어…? 어?

뭐… 뭐야…
성빈아?

니나 씨.
약속 못 지켜서
미안해요.

너무 안 나와서
혹시 무슨 일
생겼을까 봐-

아악!!!!
잘했어요, 현재 씨!!!
잘했어요!!!

와락-!!!

개 꼬시다
미친X아~!!!

넌 이제
죽었어!!!

현재 씨,
빨리 나가서
서랍 부숴요!!

진짜 사람은
나갈 수
있대요!

그냥 나가게
해달라고 쓰면
되는 거예요?

어…

두리번—

서…
성빈이는?

성빈이는
어디에…

두리번—

김 주임.
일단 나가서
얘기해줄게요.

팀장님은 왜
여기 있는 거예요?

네?!!

마… 말도
안 돼!

시간이 그렇게
지났다고요?!!

정말이에요.
핸드폰 시계
보세요.

어…?!!

어어…!!

그... 그럼 성빈이는?

성빈이는 어디 있어요?

성빈이 살아있어요?

대체 지금 무슨 일이 있었던 거예요?!

우리 방금 저 서랍에서 나온 거예요?!

진정해요, 나경 씨.

설명해도 못 믿을 거예요. 설명해줄 수도 없고.

우... 우리가 방금 이 서랍 안에서 나온 건 확실한 거죠?

니나 씨가 절 서랍으로 끌고 들어갔어요!!

!!

빠… 빨리!! 빨리 서랍 부숴요!!

휘익-

알겠어요.

일단 서랍부터 부술게요.

휘익-

소원을 적으세요

소원을 들어주는
서랍이라고…?

그럼 이 서랍으로
범인을 찾을 수도
있는 걸까…?

아냐, 됐어!
어차피 이 서랍에 갇혔다고
했으니까!

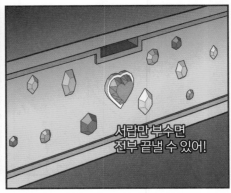

서랍만 부수면
전부 끝낼 수 있어!

하지만 그게 진짜일까?
혹시 거짓말이면?

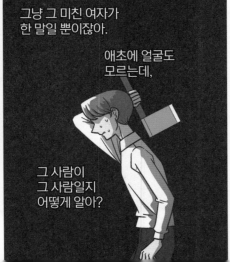

그냥 그 미친 여자가
한 말일 뿐이잖아.

애초에 얼굴도
모르는데,

그 사람이
그 사람일지
어떻게 알아?

범인이 따로 있는 거면
어떻게 하지?

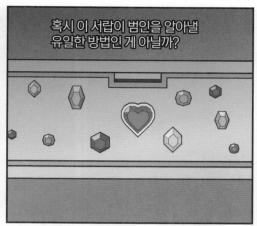

혹시 이 서랍이 범인을 알아낼
유일한 방법인 게 아닐까?

어…?
내가 지금 무슨 생각을
하고 있는 거지?!!!

콰직!!!

취이이잇—

정신 차려!!

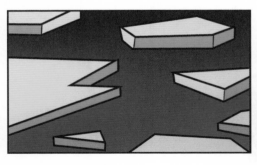

뭐…!!

퍼엌!!!!

!!

하아―

하아―

하아―

택시!! 택시!!!

헉―

허억―

헉―

탁!!

부우우웅―

제길…!!

헉―

헉―

허억―

일단
김 주임 집으로
가보죠!!

네!

이… 이거…
어… 어떻게
쓰는 거지…?

소원을
적으라고?

소원을
적으세요

소원을 그냥 쓰면
되는 거야?

성빈이!
성빈이!!

빡빡빡빡빡─

성빈아!!
나야!!

와락!!

아, 저…

저한테 사인 받아
갔던 분이죠?
나경 씨…?

응!! 그게 나야!!
김나경!!

아… 이런…

그럼 제가 나경 씨를
못 구했나요?

제 위치,
누가 알려줬어요?

어…
어어…

저… 저기…
성빈아…
왜 그래…?

저번엔 내가
좋다고 했잖아.

나를 영원히
사랑하겠다고
했잖아.

쾅쾅쾅!!

쾅!!

쾅!!

쾅! 쾅!

쾅!!

덜컥!

덜컥!

김 주임!!

김 주임!!
문 좀 열어봐요!!

그때 알려준
비번으로
안 열려요?

안 열려요!
비번 바꿨나
봐요!

서랍만
있으면…

비번 따윈 금방
알아낼 수 있는데…

역시… 그래서 아무리 비번을 바꿔도
녀석이 집에 들어올 수 있었구나…!!

나경 씨는
제 팬이고,

저는 팬들을 진심으로
소중하고 감사하게
생각하고 있어요.

하지만,

그게 나경 씨를 연인으로서 사랑한다는 뜻은 아니에요.

왜⋯ 왜⋯ 그때랑 다르지?

그땐 분명 날 사랑한다고 했는데⋯?!

내가 뭔가 잘못했나?

난 이 서랍 사용법을 모르니까⋯!

일단 이 서랍을 어떻게 쓰는 건지부터 알아내자!!

누⋯

누구세요⋯?!

아~ 혹시
언니가 김 주임?

찌익-

이 서랍을
어떻게 쓰는 건지
궁금해?

움찔!!

그야
넌 모르지.

넌
그때 그 성빈이가
아니고,

난 그때
그 모습이
아니니까.

근데 우리
예전에 별거
다 했어.

무슨 말도
안 되는 소릴…!!

너 허벅지 안쪽에
점 2개 있잖아.

내 말 틀려?

성빈이
인기 좋네~

나… 나경 씨
저 사람 말
믿지 말아요.

미친
여자예요.

언니.

성빈이 멋지지?
잘생겼고?

나는 수상한
미친 여자
같은데.

근데 언니
헷갈리지 마.

언니 소원
이뤄주러 나온 건
나잖아.

지금
성빈이가

왜 나한테
카드 못 주게 하는지
모르겠어?

나는 성빈이가
언니한테 푹 빠지게
만들 수 있어.

아주
절절 기게.
영~원히.

무… 무슨 말도
안 되는 소릴…

정 못 미더우면
카드 나 안 줘도 돼.

언니가
직접 써.

성빈이가 영원히 날 사랑하고

내 말에 무조건 복종하게 해달라고.

아직 카드 한 장 남았잖아.

나경 씨, 무시해요!

설사 그 소원이 이루어진다고 해도

나경 씨는 그런 방식으로 절 갖고 싶어요?

그런 방법으로 제 마음을 얻으면 좋겠어요?

난 말이야-

으리으리한 부잣집에서 태어난 외동딸,

예쁘고 귀티 나는 미인인 데다가,

가족들의 사랑을 듬뿍 받고,

잘생긴 남자들의 열렬한 구애를 받는,

그런 삶을 살고 싶었어.

근데
이 중에서

내가 노력해서
이룰 수 있는 게
하나라도 있어?

단지 저렇게
태어나지 못했다는
이유로,

나는 평생
내가 원하는 삶을
못 산단 말이야!

나경 씨, 그 사람 만나지 말아요.

좋은 사람이 아니에요.

나도 누가 좋은 사람인지 알아.

하지만…

그걸 안다고 해서…

269

영수가
팀장님한테 몇천만 원
빌려서 날랐대.

헐~ 팀장님
불쌍해.

영수 그렇게
예뻐했는데…

완전 뒤통수
맞았네…

돈 빌려달라고
찾아왔었어.

근데 애가
완전히 다른
사람이더라.

사람이 어떻게
그렇게 변했지…?

흐음~

근데 걔…

원래 별로
질 안 좋았어.

어머, 왜?
왜?!!

영수 걔,
김 주임이랑
만났잖아.

김 주임
얼굴에 멍든 거
누가 그랬겠어.

걔 완전
도박 중독이라
주말엔 경마장에서
산다더라.

이… 이제 어떻게 하죠?

어떻게든 들어가서

김 주임을 꺼내야죠.

주임님을 또다시 꺼내겠다고요?

당연히 꺼내야죠.

꺼내는 게 어려운 일도 아니잖아요.

지금 주임님이 서랍 뺏어 간 거 봤잖아요.

우리가 주임님을 꺼내봤자 또 똑같을 거예요.

제가 곧장 바다에라도 갖다 버릴게요.

그럼 되잖아요.

그렇게 순순히 갖다 버리게 나둘 것 같아요?

죽어버리겠다고 협박이라도 하면요?

현재 씨, 우리 저 서랍 그냥 갖다 버려요.

현재 씨도 빨리 없애버리고 싶잖아요.

주임님을 꺼내면 분명 우릴 엄청나게 방해할 거예요!

저 서랍은 사람을 그렇게 만든다구요!

근데 언니,

이제 여기서 어떻게 나갈 거야?

카드가 없는데.

어? 네?!

어… 어떻게 나가야 되는데요?

그야 당연히-

주임님은 분명 서랍을 되찾으려고 무슨 짓이든 할 거예요.

굳이 왜 그런 위험을 감수하려는 거예요!

서랍에 처음 김 주임을 집어넣은 건 니나 씨잖아요.

니나 씨가 한 행동에 책임을 져야죠.

으으...

니나 씨.

전 그 녀석의
협박에 김 주임을
알려준 후,

엄청난 후회와
자기혐오에
시달렸어요.

이번에도
똑같은 실수를
할 수는 없어요.

만약 이대로 김 주임을
서랍에 둔 채, 서랍을
없애버리면

저도 니나 씨도
평생 후회할
거예요.

어어…

싫어! 싫다고!!

난 그냥 현재 씨가
빚만 갚아주면,

서랍 갖다 버리고,
맘 편히 새 출발 하고
싶단 말이야!!

주임님을 현실로 꺼내서
시달리고 싶지 않아!

주임님이 어찌 되든
내 알 바 아니라고!!

어차피 주임님은
가족이랑도 연락 안 하고,
찾아오는 사람도 없다며!!

… 어?

잠깐, 그러고 보니

현재 씨도 찾아올 사람이
없다고 했지…?

그럼 만약…

현재 씨도
서랍에 넣어버리면…!

그냥 현재 씨 집에 서랍을 두고 살아도
되는 거잖아?!!

그럼 빚도
갚을 필요 없고,

취직 준비를
할 필요도 없고,

현실에서
내가 벌여놓은
일들을

책임질 필요도
없어!

어차피 진짜 현재 씨는
날 정말 좋아하는 것도 아니고…

오히려 서랍 속에선

니나 씨~

정말로
날 사랑하게
만들 수
있잖아!

아… 알겠어요,
현재 씨.

서랍을 찾으면
주임님을 꺼내요.

근데…
그 전에…

285

사람 죽이는 거
기분 이상하지?

아…

처음이라
그래.

처음이라.

4권에 계속

니나 씨.

이 집에 왜
아무것도 없는지
알아요?

그건 바로-

모기를
잘 잡기 위해서죠.

그렇구나!!!

거짓말 아니라니까

사실 전
니나 씨가 없으면
잠을 못 자요.

쿈-

내가 없으면
잠을 못 잔다더니…

내가
있으니까-

18시간째
자고 있어!!!

주···
죽었나···?

니나의 마법서랍 ③

지은이 | 랑또

초판 1쇄 인쇄일 2022년 8월 1일
초판 1쇄 발행일 2022년 8월 16일

발행인 | 한상준
편집 | 김민정, 강탁준, 손지원, 최정휴, 정수림
디자인 | 김경희
마케팅 | 이상민, 주영상
관리 | 양은진

발행처 | 비아북(ViaBook Publisher)
출판등록 | 제313-2007-218호(2007년 11월 2일)
주소 | 서울시 마포구 연남동 월드컵북로6길 97(연남동 567-40) 2층
전화 | 02-334-6123 전자우편 | crm@viabook.kr
홈페이지 | viabook.kr

ⓒ 랑또, 2022
ISBN 979-11-91019-80-3   04810